U0697315

奥尔拉

根据莫泊桑同名小说改编

[法] 纪尧姆·索雷尔 编绘

潘文柱 译

图书在版编目（CIP）数据

奥尔拉 / （法）纪尧姆·索雷尔编绘；潘文柱译. -- 北京：北京联合出版公司，2018.8
ISBN 978-7-5596-2154-2

Ⅰ.①奥… Ⅱ.①纪…②潘… Ⅲ.①短篇小说—小说集—法国—现代 Ⅳ.① I565.45

中国版本图书馆 CIP 数据核字 (2018) 第 112537 号

Original title : *Le Horla*
Colors, illustrations and scenario by Guillaume Sorel
Adaptation from the novel by Guy de Maupassant
© 2014 *Rue de Sèvres, Paris*
Simplified Chinese edition arranged through Dakai Agency Limited
Simplified Chinese translation edition published by Ginkgo (Beijing) Book Co., Ltd.

© 2018 本书简体中文版版权归属于银杏树下（北京）图书有限责任公司

奥尔拉

编　　绘：[法] 纪尧姆·索雷尔
译　　者：潘文柱
选题策划：后浪出版公司
出版统筹：吴兴元
责任编辑：刘　恒
特约编辑：吕俊君
营销推广：ONEBOOK
装帧制造：墨白空间·肖雅

北京联合出版公司出版
（北京市西城区德外大街 83 号楼 9 层　100088）
北京盛通印刷股份有限公司印刷　新华书店经销
字数 5 千字　889×1194 毫米　1/16　4 印张　插页 8
2018 年 8 月第 1 版　2018 年 8 月第 1 次印刷
ISBN 978-7-5596-2154-2
定价：68.00 元

后浪出版咨询(北京)有限责任公司 常年法律顾问：北京大成律师事务所　周天晖 copyright@hinabook.com
未经许可，不得以任何方式复制或抄袭本书部分或全部内容
版权所有，侵权必究
本书若有质量问题，请与本公司图书销售中心联系调换。电话：010-64010019

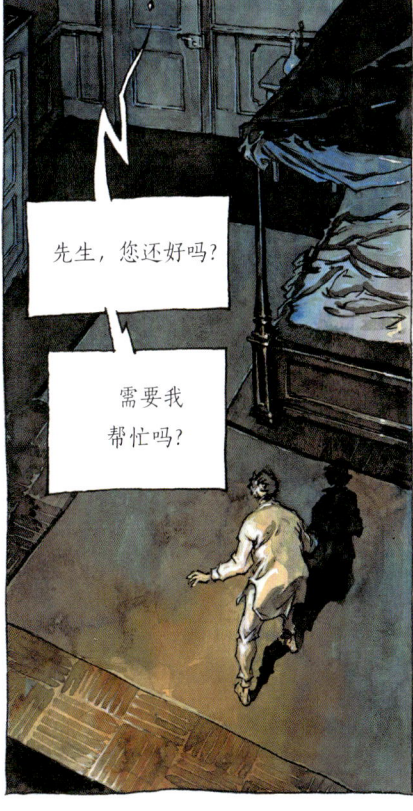

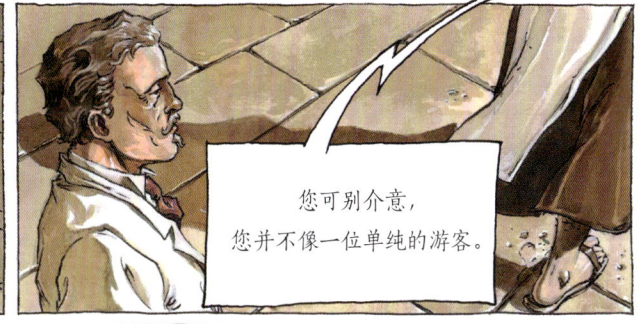

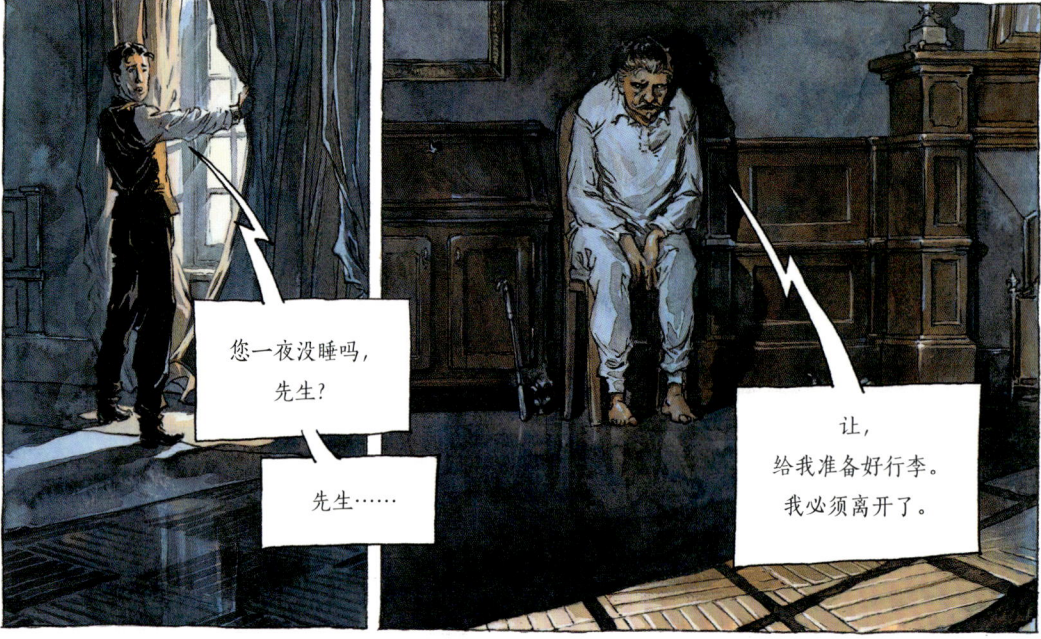

* 布吉瓦尔是法国法兰西岛大区伊夫林省的一个市镇，位于塞纳河左岸。

好啊,您终于出现了!

第一次开出花朵……

您的柔美光华或许即将……

"它"把它摘走了……
"它"……

我没有发疯……

某个东西就住在这里……
和我一起……

它能够触摸，那些人……

它会喝水，喝牛奶……

可是我看不见它……

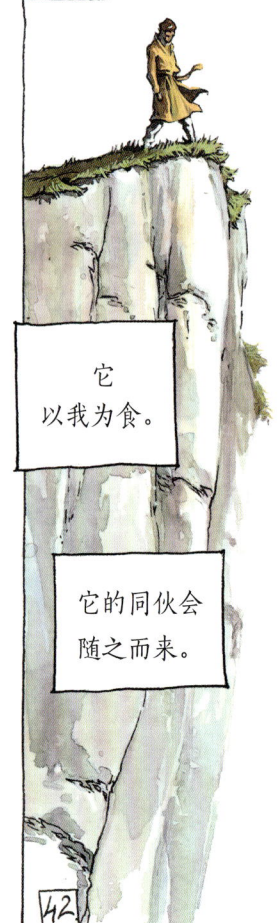

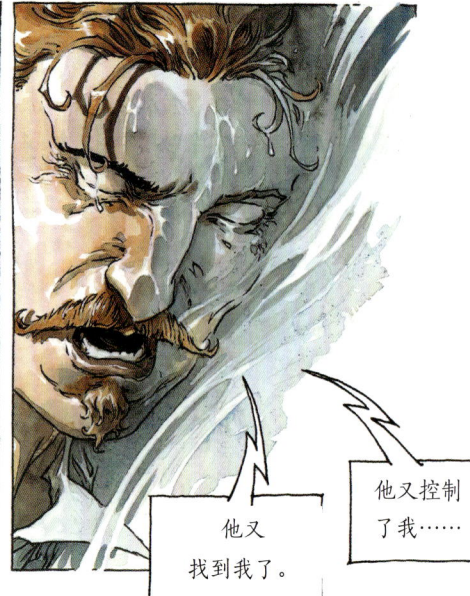

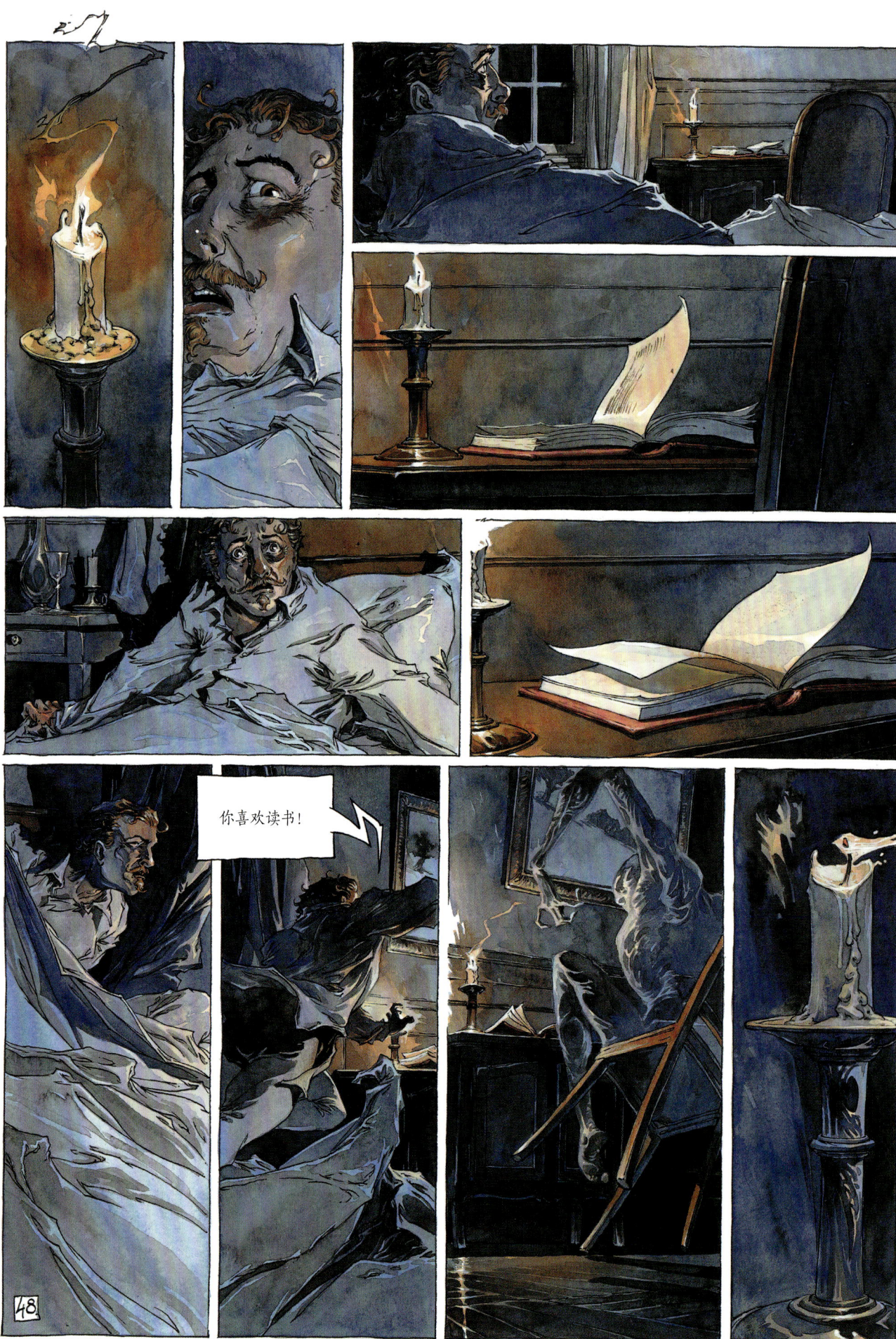

它逃走了!

它害怕了。

怕我吗?它?!

我能够拽住它,把它压倒在地上!

狗不是有时候也会发狠,也会咬它的主人吗?

我会屈从他,听他驱使,我会驯服、软弱……

不过,会有那么个时刻……

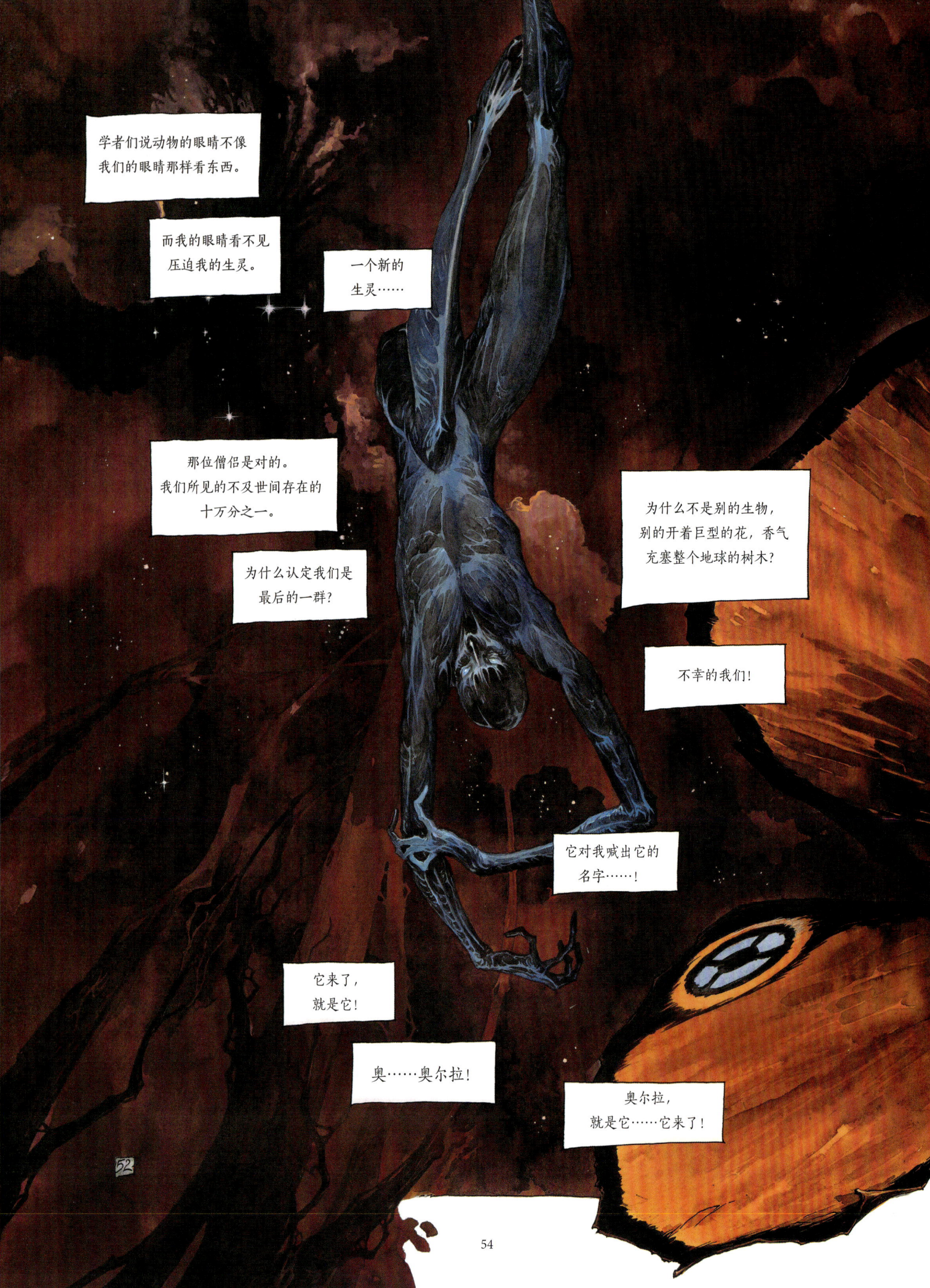

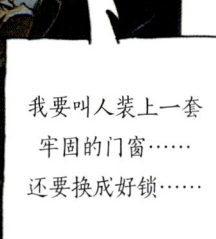